# Ella

# Jane Souza

## Ella

Coleção Narrativas Porto-Alegrenses

coragem

Porto Alegre
2025

© Jane Mari de Souza, 2025.
© Editora Coragem, 2025.

A reprodução e propagação sem fins comerciais do conteúdo desta publicação, parcial ou total, não somente é permitida como também é encorajada por nossos editores, desde que citadas as fontes.

www.editoracoragem.com.br
contato@editoracoragem.com.br
(51) 98014.2709

Projeto editorial: Thomás Daniel Vieira.
Coordenação geral da coleção: Luís Augusto Fischer.
Preparação de texto e revisão final: Nathália Boni Cadore.
Capas: Cintia Belloc.

Porto Alegre, Rio Grande do Sul.
Verão de 2025.

Dados Internacionais de Catalogação na Publicação (CIP)

S729e  Souza, Jane
    Ella / Jane Souza. – Porto Alegre: Coragem, 2025.
    96 p. : il. – (Coleção Narrativas Porto-Alegrenses; v. 8)

    Publicada originalmente em formato de folhetim na Revista Parêntese
    ISBN: 978-65-85243-43-8

    1.Novela – Literatura brasileira. 2. Literatura brasileira. 3. Novela. 4. Literatura sul-riograndense. 5. Narrativas – Porto Alegre. I. Título. II. Série.
                                                        CDU: 869.0(81)-32

Bibliotecária responsável: Jacira Gil Bernardes – CRB 10/463

Esta novela foi publicada originalmente em formato de folhetim na Revista Parêntese. A coleção narrativas-portoalegrenses é uma parceria da Editora Coragem e o Grupo Matinal Jornalismo.

**ELLA**

# CAPÍTULO I
## *¿RESISTIRÉ AL DILUVIO?*

Quando Ella se deu conta, estava caminhando, na contramão, no meio de um mundo de carros que entupiam a avenida Ipiranga, uma das mais movimentadas da cidade na hora nervosa que é o perto do meio-dia. Era agosto, vestia pouca roupa e sentia um rombo de fome antiga no estômago. Há dias quase não comia e dormia menos ainda. Lia, lia, lia, ouvia música, ouvia, ouvia... *Ouve vozes? Não, só música e as gentes que cantam nelas e também umas falas de umas outras que saem de dentro dos livros e conversam comigo nas histórias inventadas por outros que eu procuro pra me distrair de tudo isso...* Ouvia essa conversa futura, ou pensava que ouvia, enquanto os carros e seus motoristas desviavam dela gritando e buzinando impropérios que nem encostavam nos seus ouvidos.

Estava sem a inseparável e salvadora máscara e sentiu muita vontade de correr rumo ao fundo do Arroio Dilúvio para acabar logo com aquele vexame, quem sabe morrendo cedo... E correu, livrando o trânsito do seu atrapalho. Alguém já teria morrido afogado no Dilúvio??? Afogado talvez não, mas de doença imaginava que sim. Na sua cabeça começaram a gritar as informações arquivadas com cuidado num dia distante demais daquele dali, sobre a podridão do curso d'água triste e sujo que cruzava aquela parte da cidade e desaguava no rio-lago Guaíba. Esgoto de não sei quantos hospitais, mais os esgotos pluvial e doméstico, enfim, dados que respingavam nela direto da sua memória bem talhada para guardar coisas desse tipo, e que faziam parte dos resquícios de uma formação da Secretaria do Meio Ambiente oferecida para o grupo de professores novos que ingressava na Rede Municipal cerca de 25 anos antes daquele momento em que ela buscava a paz que há tempo não chegava. Era bactéria e fungo pra acabar com um exército inteiro de desavisados, calculava. Haveriam de sobrar uns pra ela. *É a parte que te cabe deste latifúndio...,* cantarolava com Chico e com João Cabral lá por dentro. Daria certo sim, daria. E voou rumo ao Dilúvio em busca da redenção fedida e completamente apaziguadora que ele traria junto com sua água escura e peguenta.

Não teria um fim limpinho, mas teria um fim, isso era o que importava. Enfim, a tão buscada objetividade chegava. Corria muito e escorregou na grama úmida quase à beira do barranco que margeava o que representava o bálsamo que aliviaria a dor insana que há muito carregava. Escorregou, caiu deitada no barranco coberto pela grama que devia ser do tipo fedorenta pela proximidade com a água imunda. E *um braço clandestino,* ou um grito de *pára com isso*, segurou, pescou, puxou seu corpo determinado a se terminar, pra cima. O braço era forte e tinha uma voz doce e firme. Pertencia a um rosto com máscara, que protegia a pessoa da infecção pelo vírus que empestava o planeta, e, somado ao destrambelhamento das emoções que povoavam Ella, fizeram com que não guardasse um único traço das feições da mulher salvadora.

O rosto sem rosto se juntou a outros igualmente protegidos e, portanto, também sem rostos, e construíram um círculo ao redor do corpo que não deixavam descolar do chão por uma convicção de que aquela era a coisa mais certa a ser feita. Obrigação cristã de preservar o que chamavam de vida, só vida, já a existência era um outro departamento. Deviam estar necessitados de uma boa ação do dia pra seguirem adiante. Seria útil de novo, sempre foi útil. Sentia pena da convicção ingênua deles. Mas acatou. Não tinha mais força pra brigar contra a vontade dos outros, ainda mais assim, com fome e frio... Ela também tinha limite. Descobriu ali. Teria de começar tudo de novo num outro dia. Faria, de mãos dadas outra vez com Sísifo, companheiro antigo de tantas mesmices de todo tipo pela cidade afora, em todas as épocas, sem problema.

Olhava pro céu e para os rostos do círculo que perguntavam seu nome, onde morava, enquanto reviravam, escarafunchavam sua bolsa catando uma identidade dela que fosse. Ella sentia outra vez o gosto azedo do controle vindo de fora, contendo seu corpo assim quase desprovido de cabeça. Logo em seguida, chegam dois PMs para renderem o povo do círculo, que precisava buscar filho na escola, almoçar, tocar a vida, enfim. E a *inoportuna* ali, atrapalhando o ritmo dos dias iguais. E falavam muito os policiais, comentando as ações do dia. Insuportável. Ella só olhava o céu, sentia o sol frio de inverno batendo na roupa sem lã. E o sol não esquentava, só iluminava o joelho tosco do policial coberto por aquela cor cinza da farda de *porco* que esmagava seu braço contra o chão pra ela poder continuar viva, pela força, é claro, como não? Doía aquela porra toda do esmagamento cruel e desnecessário do corpo bruto da proteção policial sem máscara, negacionista, era óbvio, mas ela não gritava, não reagia, se sentia até mais forte do que a força lorpa, ignorante que ele representava naquele embate silencioso.*Mantê-la viva na marra será o castigo maior e que ela levará para o resto da vida*, devia pensar triunfante ele lá por dentro.

O duelo psicológico com o policial é interrompido, e junto a dor insana, cavalar no braço, pela chegada da ambulância que levaria Ella até um Posto de Saúde, pelo que ouvia em meio ao burburinho. Uma família dela quase inteira e sem nada entender, esperava em frente a UBS. Inacreditável. Os irmãos, o cunhado, um sobrinho, o filho, o companheiro... O show, o espetáculo sem *gran finale*, tinha até público. Sentiu vontade de sumir pra sempre, não sabia o que fazer com o desnorteio preocupado, chocado até, e com o excesso de falas, de abraços, abraços que não recebia, que não dava na maioria deles desde o início do morticínio planetário, lá em março de 2020. Só se viam por chamadas de vídeo de vez em quando. Lá dentro, uma espera eterna sentada em uma cadeira de rodas. Dizia que não precisava daquilo, e ninguém ouvia. Sabia, conseguia andar. O braço é que doía, pô! Ninguém entendia nunca onde ela doía, onde não funcionava. E ela não contava sobre o *porco* e sua força desnecessária para conter *seu quase parco defunto*. Pra quê?

Algum tempo depois, uma consulta primitiva, protocolar, guiada por um manual de instruções, aquilo parecia. Perguntava o que ela sentia para os que nem sabiam o que se passava lá com ela. Tinham boa vontade, mas não sabiam o que diziam. Falavam equivocadamente por ela. E ela deixava. Bem mais cômodo. Ella precisava de internação, segundo o jovem e, pelo jeito, pouquíssimo vivido, plantonista. E ele ali avaliando, rotulando com aquele veredito o que Ella levou tanto tempo pra fazer dela. O médico perguntou sobre convênio, disse os nomes de uns lugares que eram menos piores... E Ella deixando, e ela deixando... E Ella deixada por ela mesma... Melhor abandonar o comando, a direção completamente, deveria ter feito isso bem antes... Fazer o quê naquela posição nunca experimentada do tipo *Cuidado frágil*, de interditada pelo mundo? Vai que alguma coisa mudava...Vai que, né?

## CAPÍTULO II
## *RESISTIRÉ À INSANA FALTA DE UMA FACA DE PLÁSTICO QUE SEJA...*

O hospital ficava em um dos morros da cidade. O mesmo onde a mãe havia sido internada quando Ella era ainda adolescente, recém ingressando na faculdade, lá na distante década de 1980. Lembrou de tudo aquilo quando chegou ali. E esqueceu logo. Havia prometido para ela mesma que nunca mais lembraria, falaria sobre aquilo. E Ella disse para Ella que ali ela, Ella, não ficaria! *Nem fudendo*! Mas não contou para os irmãos e nem para o companheiro...

Estacionaram dentro do pátio, e Ella esqueceu qualquer ínfima lógica que fosse, quando saiu do carro. Enxergou o portão de ferro fechado atrás dela, mas no jardim plantado morro acima parecia haver escondido um portal que salvaria seu corpo, já que cabeça não parecia ter mais mesmo, da contenção, da detenção, da retenção... E saiu correndo muito, parecia que a fome antiga fortalecia suas entranhas, um mistério da falta completa de combustível se transformando em energia. Corria, corria, corria e os três atrás dela. E os três atrás dela e ela corria, corria, corria. Até que conseguiram encurralá-la num canto do jardim e negociaram a rendição já dada pelo esgotamento físico que Ella assumia estar quando sentou no chão desabada e quase sem ar.

Acatou a condução até a recepção do hospital. Ouviu o veredito do segundo médico do dia: internação, se o companheiro aprovasse, é claro. E o companheiro aprovou tudo com uma voz forte e fazida que nem parecia a dele. E ela, pela primeira vez em tantos anos, odiou muito, muito ele e sua covardia revelada num lugar de forças tão desiguais como aquele. Era Ella quem estava ali, sempre tinha sido ela. Ele não enxergava? E ele estava com medo dela? Sentia-se incapaz de cuidar da Ella de sempre na casa deles? Como assim? Na saúde e na doença, pois sim. Ella sempre soube que casamento era cilada, mas...

Em seguida, um teste de Covid que deu negativo, mais a aliança que Ella arrancou do dedo e devolveu para o companheiro antes de entrar no elevador e que gritava silenciosamente algo como *Não estou podendo mais com essa história aí! Azar o nosso!* marcaram o seu ingresso num espaço nunca dantes navegado por Ella, dotado de ponto de vista *sui generis* que a ela tinha sido destinado para ver a cidade e a sua vida, quem sabe.

Na viagem de elevador até o andar dos convênios, onde ficaria, a enfermeira que a acompanhava puxava assunto, tentando dizer, com carinho até, que ela ficaria bem ali, não precisava se preocupar. Ali também foi proferida a barbaridade infame que virou bordão interno só dela, e ficou martelando na cabeça, azucrinando pra sempre: "Tu vai ficar no andar que tem a melhor comida do hospital! Tu vai adorar!". Buscou energia na fome que atormentava as entranhas e disse que não ia adorar aquilo coisíssima nenhuma, pois se a comida do tal andar dos convênios era a melhor é porque tinham pessoas, seres humanos iguaizinhos a elas, ali, naquele mesmo lugar, nos demais andares, que não comiam essa tal melhor comida, e isso não era certo, não era justo. Como adorar um absurdo desses? Isso só piorava tudo! Outro lugar nojento de desigual. Francamente! A enfermeira ficou quieta, talvez porque fosse muito letrada em tratar com gente recém-chegada num lugar onde não queria ficar, melhor não contrariar, portanto, ou porque ficou pensando que a fala meio furiosa da nova interna era pra fazer pensar mesmo.

Acomodada no quarto com mais duas mulheres, uma branca e uma preta, foi alimentada por um copo de leite e uma fruta, e dormiu aquecendo finalmente o corpo frio, que passou o dia vestido com uma camisa de flanela e uma calça jeans, roupas completamente inapropriadas para a estação gelada em que estavam. O companheiro ficou de trazer mais tarde agasalhos e tudo mais que foi solicitado na hora da internação. Dormiu, dormiu, dormiu e foi acordada com alguém gritando do corredor que era hora da janta: "Tá na hora de acordar, Ella!". Ouviu o nome dela gritado bem alto. Parecia voz de irmão ou de mãe numa manhã da adolescência longínqua, chamando pra ir pra escola. Achou que estava sonhando, mas não, estava ali mesmo naquele lugar de estranhos.

No refeitório, três mesas enormes e assentos lotados, só um lugar sobrando, ao lado de Valdomiro. Ella sentou ali, ao lado dele. Ele cheirava muito mal, e ela tinha problema com cheiros ruins, defeito que havia domado, brigado contra durante toda a vida que levou ensinando por lugares nas beiradas de Porto Alegre. Nunca deixou cheiro desagradável de gente espantá-la da proximidade das pessoas que tinha escolhido para ensinar, isso era inadmissível para os seus sentimentos colados ao que o mundo pós-moderno pregava como a ultrapassada consciência de classe. Percebeu logo que o problema do Valdomiro ia muito, muitíssimo além do cheiro causado pela falta de banho e descontrole dos esfíncteres. Ele mal comia, só chafurdava a comida, não falava, só articulava umas coisas desconexas, babava igual a um bebê. Soube dias mais tarde, que ele nunca sairia dali. Era do time dos que ninguém queria mais. Uma tristeza só.

Mas precisava comer, precisava era a palavra pra avisar o estômago entrouxado por tantas coisas que andava vivendo naqueles dias frios e cinzas. Trouxeram o prato dela. Todos os internos eram completamente tutelados. A comida diferenciada, propagandeada pela enfermeira no elevador, era servida por funcionárias e trazida até a mesa. Olhou para o prato e um bife de frango olhava pra ela. Só alcançaram uma colher, só se usava colher ali. Olhou de novo o prato e perguntou cansada e meio contrariada para as funcionárias como proceder para comer um bife usando apenas uma colher. Ella não recebeu resposta. Perguntou outra vez e nada. Descobriu logo que era comum não responderem ali.

Precisava disfarçar a contrariedade, mas não conseguia, estava à beira de abrir um berreiro choroso daqueles. Nisso uma interna muito jovem, com uns vinte e poucos anos no máximo, levanta e vem em sua direção, tirando do bolso do casaco uma faca de plástico, alcançada com um sorriso e um "Te acalma, vai", mais um "Guarda, não precisa me devolver, fica pra ti". Assim, selada pela faca plástica solidária, se fez sua primeira aliança para acomodar aquela estadia tão estranha na vida até ali. E comeu o bife cortado com uma certa dignidade, mas não entendendo por que não alcançavam facas plásticas para que todas as pessoas dali pudessem comer como se fossem gente civilizada e rumando até a tal normalidade tão apregoada, quem sabe...

# CAPÍTULO III
# *RESISTIRÉ AL CHE*, À LEGALIDADE, AO BRIZOLA?

E naquela primeira manhã de Ella por ali, chega a maleta com a roupa, toalhas, produtos de higiene pessoal, uma pantufa até... conforto mínimo organizado pelo companheiro para seguir vivendo longe deles. Precisa de banho, de roupa de inverno também. E começa a desmanchar a mala pra acomodar tudo no armário destinado às suas coisas naquele território compartilhado com outras duas dores de existir.

Busca por uma roupa de lã do tipo quentinha, aconchegante como colo de mãe tão distante no tempo. Mas ela não chega... Nada em lã, só camisetas de manga longa, calças, meias... e um único moletom, um dos mais chave de cadeia entre os que andavam com Ella pela cidade em dia de caminhada sem rumo. Achava lindo, mas suscitava cada conversa vez ou outra, ôoo... Pressentiu problema olhando com carinho para o blusão grandão, de cor verde militar, com um capuz bom de esconder o cabelo molhado em dia muito frio e... E com uma foto, aquela do Korda, lá de 1960, do companheiro Che Guevara, estampada no meio do peito. Não, não, não... Sentia que daria problema. Entre aquela gentarada ali alguém haveria de reconhecer o guerrilheiro de antanho e puxaria conversas que ela não suportaria, ao menos naquele primeiro dia. Teria de usar, estava muito frio. E vestiu depois do banho não muito quentinho, mas necessário para iniciar a ressureição num lugar onde até sua mínima determinação estava enterrada. Sairia dali logo, já tinha decidido.

E vai para o café com o cabelo molhado, pingando medo da companhia do Che *libertario y charlador* que chamaria para conversa sabe-se lá quem... Encontra na entrada do refeitório a menina que estendeu a faca de plástico na janta e Ella responde ao sorriso com um *muchas gracias pela salvação da minha pátria o muerte ontem*. E se abraçam grande, atrapalhando, sem se incomodarem nem um pouco, o trânsito no corredor.

Depois do café, orientada pelos veteranos, vai para a fila da medição dos sinais vitais e da medicação. Estaria viva? Sempre é bom que te avisem... E é claro que o já previsto se apresenta. Alguém sem assunto, sem ter o que fazer, reconhece o excessivamente conhecido Comandante Ernesto Guevara de la Serna chafurdando ali entre os peitos de Ella, e uma conversa transporta o corredor e suas gentes para uma história de um Brasil, de uma América Latina de mais de 50 anos atrás. Era um senhor, bem, bem mais de setenta anos certamente, vestido de terno e gravata e tudo, sapatos impecavelmente lustrados, que segura ela pelo braço. Ella pára, e ele começa:

— Homem admirável este aí, ser humano dos melhores que já pisaram neste planeta. Recebeu até condecoração do Jânio Quadros e tudo! Tu sabia? A mais alta comenda da Nação, a Ordem do Cruzeiro do Sul! Jânio comprou briga das feias com o podre do Lacerda por causa disso.

Ella se perguntava se era para responder se sabia. Começou a desconfiar que não. *Condecoração do Jânio, acho que o Che não merecia passar por essa, né. Pobrecito...* Percebeu logo que O *tu sabia?* não passava de um truque de retórica, porque a aula muito da expositiva de História seguia solta e louca, guiada pelo companheiro falante que encantava outros da fila, gerando um baita embolamento ao redor dos três, ali no corredor, próximo ao Posto de Enfermagem. E animado retomava, olhando, alternadamente, ora para os grandes olhos do Che, ora para os olhos miúdos de Ella:

— E a Legalidade? Maior movimento popular desde a Revolução de 30! Pois tu acredita que eu sou um dos milhares de porto-alegrenses que ficaram de vigília em frente ao Palácio Piratini durante os doze dias que durou a ação subversiva, como chamavam os militares? Eu estudava no Julinho, cursava o Científico. Resistiríamos ao golpe, desse no que desse! Não impediriam não a posse de João Goulart à presidência da República, nem a pau! Doei até sangue ali no Pronto-Socorro, pois esperávamos, quem saberia, um confronto armado. Participei de passeatas que clamavam por democracia em suas faixas, cartazes e palavras de ordem. Lembro de um, em especial: "Lacerda ao paredão!". Forte, né?

O povo ao redor do trio formada por Ella, o Che e o militante da Legalidade ouvia intrigado e meio encantado o monólogo disfarçado de conversa. E ele seguia empolgado:

— E a firmeza do Brizola no comando da ação para garantir a Legalidade? O que que era aquilo, gente! Não existem mais políticos com aquela determinação! Com a liderança ferrenha dele retardamos por mais de dois anos o terrível golpe de 1964. Incomparável!

O nome Brizola agitou o grupo ao redor de Ella, do Che e do militante da Legalidade. Muitos dos mais velhos do amontoamento tinham alguma coisa pra contar sobre o Brizola. Mas antes que o burburinho ofuscasse a sua fala, o militante da Legalidade retoma a palavra e tasca uma barbaridade que tira Ella da desconfortável posição de plateia daquela conversa:

— Mas, guria, o que foi a morte do Che? Pra que mutilarem a pessoa daquele jeito? Precisavam mesmo arrancar as mãos dele e mandar pra CIA só pra provar que ele estava morto? Eu soube até que pensaram em...

— É o seguinte: tu não soube de nada não, tu não vai continuar falando esses absurdos na presença dele, né? Nem te conheço, mas tô mandando tu parar. Retomando meu insuportável papel de professora por quase trinta anos, tu é muito do inconveniente. Limite, domina o conceito aí? Pára um pouco de saber, faz de conta que tu sabe menos sobre o assunto morte do Che Guevara de la Serna aqui. Acho um ultraje à memória dele ficarem repetindo isso! Ainda mais na presença dele, pô! Deu! Entendeu? E isso me dói pra sempre por dentro. Chega! Quer ir pro SOE, quer? Tem uma uruguaia muito do papo reto te esperando pra uma conversa, meu braço direito em outros tempos, e daí tu vai te entender com ela por lá porque eu não tô podendo! E quem sabe cantamos pra esquecer essa desumanidade toda que tu irresponsavelmente ressuscitou. Tenho certeza que tu me acompanha nessa aí, é bem conhecida:

> *...Aqui seguimos lo mismo*
> *Con el arma siempre lista*
> *Ante la sombra fascista*
> *Y cruel del imperialismo*
> *Aqui se mantiene clara*
> *En el dolor de tu ausencia*

*La aurora de tu presencia*
*Comandante Che Guevara...*

Obviamente, sem discutir, ele acompanhou Ella na cantoria, como não faria?

— Inti-Illimani, 1969, é isso? Música do Carlos Puebla, *el cantautor de la Revolución Cubana*! Tenho esse álbum!

Só tu que tem então, pensou Ella lá com sua roupa sem botões. Um dos primeiros discos desse grupo mais do que macróbio. Capaz que tu tem o disco, né?

É claro que ele conhecia um dos tantos hinos compostos em homenagem ao comandante! E saíram, os três, *hermanamente* abraçados, *caminhando e cantando* muito, seguidos pelo povo ouvinte rumo à medicação nossa de cada turno pra acalmar os ânimos daquele primeiro dia dela naquele hospíc... ops, hospital..., que prometia de tudo um pouco, inclusive uma aula de História em pleno corredor, com direito a figuras históricas como testemunhas dos fatos estudados e tudo, assim, na primeira hora da primeira manhã de Ella naquele lugar. Movimentada a vida por ali, pô! Parecia até uma escola! Não esperava tanta generosidade da vida! ¡¡¡*Gracias!!!*

## CAPÍTULO IV
## *RESISTIRÉ* AO MELHOR PÔR DO SOL DA CIDADE, ASSIM, EMOLDURADO ATRÁS DAS GRADES, QUEM SABE...

No meio da noite, em plena madrugada, Ella é acordada por uma enfermeira porque precisava trocar de quarto. Não estava entendendo nada, mas se submetia... Ella sabia o segredo. Precisava conjugar o verbo submeter (se) pra sair daquele lugar rapidamente. Equação não muito fácil de resolver.

Percebia que quase tudo ali parecia inexplicável e feito para deixar mais sem norte quem já não sabia o que era uma bússola fazia tempo. Aquele absurdo noturno era a comprovação maior.

A operação consistiu não só em trocar de leito, isso no meio do frio do inverno, mas em carregar também suas tralhas pessoais junto. Mesmo ajudada pelas enfermeiras, Ella passou uma trabalheira insana para chegar até o outro quarto, domada, derrubada que estava pelo remédio que assegurava uma certa paz, ao menos durante a noite, ao povo de branco que cuidava deles.

Acomodada no quarto novo, percebeu que estava sem companhia, sozinha pela primeira vez desde que tinha atracado por ali. Bom, mas ruim. Uma mistura de tristeza e de saudade, falta das brabas mesmo, tomou conta da madrugada de Ella. Chorou pra dentro, doía tudo. Lembrou do sorriso largo e acolhedor do filho, do cachorro melhor amigo, da mãe ainda mais velhinha, precisando cada vez mais dos seus cuidados, dos irmãos e sobrinhos que pouco via depois que tinha começado a pandemia cruel, matadora e sem vacina por tanto tempo. Lembrou dos seus livros e discos, de conversar com outras gentes, do companheiro por quem tinha sido atraiçoada até...

Ella tinha pessoas dela e nela. Se dava conta ali, naquele quarto só dela agora, mas com a porta sempre escancarada para evitar qualquer tentativa de privacidade, de vida própria e criativa para ela e para todos os outros passageiros daquela *nau de insensatos* presa, ancorada, nas águas secas da sua *cidade amada*. Uma nau tão louca quanto *Ismália*, *que pôs-se na torre a sonhar* e, por isso, *via lua no céu, via lua no mar*, nutria a pretensiosa ilusão de que poderia ajudar a curar as feridas da alma dos que mantinha aprisionados por seu casco, separados, estrategicamente, para o bem de todos, dos que pertenciam à trupe da normalidade, que, bem de perto, diga-se de passagem.... Melhor não dizer, pois poderia perder pontos. Sabe-se lá quem olhava quem naquele cu de lugar.

O quarto ficava no fim do corredor, quase escondido de tudo. E Ella, em um impulso típico, insubmisso mesmo, daqueles que a perseguiam desde a infância, sai debaixo do cobertor e, pé ante pé, para que nenhum fantasma do tipo vivo ouvisse, se dirige à porta e a fecha com uma habilidade cirúrgica para que o barulho não alertasse os gansos de plantão. Ufa... Finalmente poderia ao menos falar sozinha, mania antiga, sem passar atestado de que merecia mesmo estar trancafiada ali.

E dormiu e sonhou que estava em casa de novo, com direito a portas que fechavam, inclusive, com seus cheiros familiares e bons que certamente a colocariam outra vez no prumo. Lia seus livros, e, de dentro deles, com alegria quase de criança, dava *a volta ao dia em oitenta mundos*, jogava amarelinha com um argentino pelas ruas de Paris, festejava *os últimos dias de Paupéria* com direito a *Nosferato* (assim, com "o" mesmo, e não com "u") *no Brasil*, ocupando a praia e tudo. Delirava, deslumbrada, com *A imortalidade,* quem dera possível, daqueles a quem amava além da conta, rompendo, iludida de alegria, com a descolorida ideia de finitude. Também cantarolava muitas músicas, acompanhando vozes de todos os cantos da terra, que estendiam as mãos afinadinhas de seus agudos e graves em sua direção para tirá-la do fosso dos dias e noites iguais, fabricados pelo cruel isolamento pandêmico.

Entretanto, ao acordar do sonho de volta a casa, a porta do quarto estava novamente aberta. Havia método ali, tosco, mas mesmo assim método. Alguém vigiava até os sonhos deles. Ouviu mais tarde que a determinação de portas sempre abertas era para a segurança de todos, facilitava o controle da movimentação. Controle... Para Ella, que sempre tinha sido tão incontrolável, mesmo quando simulava submissão do tipo institucional, burra, interesseira até, só que estratégica sempre, nos espaços todos que ocupou na vida, cheirava a uma operação inútil... Mas ela precisava dominar, assimilar por uns dias, quem sabe, o conceito, cair em contradição com sua própria natureza. E logo...

Talvez nem tão logo, pensando pior... Entre as explicações que deram sobre a abrupta troca noturna de quarto que havia sofrido, estava a de que, pelo convênio que cobria sua internação ali, ela teria direito a um quarto com apenas mais uma pessoa. Estava com duas no quarto antigo, isso fugia ao regulamento. Não poderiam ter deixado para o dia seguinte a tal troca se era algo em benefício dela? Faltava lógica na explicação, e ela que era a louca...

Mais tarde, na sala de TV sempre ligada na Globo, Ella ouviu que uma interna nova, que precisava de muita atenção do posto de enfermagem, pois passava por uma crise séria, tentativa de suicídio quase com sucesso absoluto, estava ocupando o seu leito antigo, localizado quase dentro do tal posto. Havia se entupido de remédio, não apagou por milagre. Deu trabalho naquela noite. E nos muitos dias ruins que vieram pra ela depois, com direito à amarração no leito, a gritos e tudo...

Triste... Bem, mas bem mais do que Ella... Isso era possível sim...

O quarto novo de Ella era o mais cobiçado do andar. (Burburinho no corredor após o café, e liderado por Ella de novo. Pensava que protagonizando movimentação uma atrás da outra acabaria perdendo os pontos que precisaria juntar pra sair dali rapidinho. Já tinha sido informada por alguns internos camaradas de como se dava o processo de recuperação da liberdade perdida. Precisava demonstrar equilíbrio, ser disciplinada, se alimentar mesmo que não estivesse afim, dormir, não entrar em conflitos, participar de todas as atividades, por mais insuportáveis e burras que fossem. Precisava ser do-mes-ti-ca-da, aparentemente, ao menos.

Fechando o parênteses imaginário anterior e voltando ao quarto desejado... Todos queriam estar acomodados ali, outros já haviam estado e não esqueciam a boniteza que tinham testemunhado: certamente um pôr do sol dos mais lindos de Porto Alegre! E com o seguinte adereço da pesada que dividia o espetáculo em quadros miúdos: a grade de ferro que protegia os corpos dos internos, as almas já nem tanto, de se livrarem logo daquilo tudo. Foi o momento mais feliz que Ella tinha presenciado naquele quinto andar. Via alegria escorrendo dos olhos dos que já haviam ocupado o quarto. *Ella, é cinema puro, de altíssima qualidade, tu vai adorar!* E curiosidade nos olhos dos que nunca tinham entrado ali pra espiar o que deveria ser de todos. Eram todos parceiros, irmanados numa falta interna lá que tinham em comum e que só eles sabiam o quanto era insuportável... Ella olhou para os olhos do povo que estava na roda, umas sete pessoas, e disse que iriam ver sim o pôr de sol, juntos ali no quarto dela, naquele fim de tarde. Já estava marcado.

— Não pode, é proibido reunião, amontoamento de gente nos quartos, Ella. Tu vai perder ponto, o quarto é teu. Não pode aglomeração.

— Então eu vou é perder ponto! — retrucou Ella — E vamos dividir alguma alegria que seja aqui entre nós nessa porra de lugar nenhum! Topam?

Por volta das cinco, os que buscavam a alegria do sol indo embora adentraram o quarto de Ella, iluminadíssimo por aquela claridade amarelada que besuntava de esperança a vida que cada um carregava aos trancos e barrancos há tempos. Eram sete sombras voltadas para o espetáculo da despedida de mais um dia trancadas, paralisadas naquele quinto andar, no alto do morro. Atrás delas, encarando suas nucas, regulando com os olhos de quem vigia, e de quem pode até punir, um elemento do poderoso povo de branco se iludia que coordenava a contemplação do incontrolável que a boniteza provocava, ali, naquele agora, em cada pessoa, era isso que eram ainda, bem lá por dentro! Pessoa! Pessoas!

Ella — e imaginava ela que os companheiros de fim de dia também — admirava e festejava em silêncio a emoção e as lembranças de sua vida na cidade em outras épocas, brotando às pencas, alentando a solidão daquele inverno puxado para o muito esquisito. Eram abraços grandes que chegavam depois de um show na Reitoria ou no Araújo, uma conversa boa depois de um filme no Bristol, um beijo demorado que antecedia a alegria descontrolada que quase sempre acabava se apresentando, uma caminhada longa pra chegar à beira do agora preso, além das grades, rio-lago, ou a nenhum lugar, só pra passar, aproveitar com os olhos o que se apresentasse no trajeto, um livro usado ou um disco novo comprados nas lojas do centro de uma cidade que talvez nem fosse mais de domínio dela, pôr de sol pra lá e pra cá vistos de outros morros da *melhor cidade* da tal Depressão Central, quiçá *da América do Sul*, e, por fim, uma viagem com bons amigos num velho trem fantasma da RFFSA, em priscas eras, saindo ali da velha estação da Voluntários da Pátria, quem sabe...

Era a vida, irrepresável, que rebrotava lentamente naquela comunhão das faltas internas conduzida por um sol que apontava antigas, e talvez boas saídas, vai ver, e que se despedia morosamente de cada um deles.

## CAPÍTULO V
## *RESISTIRÉ* A UMA HERMANA ARGENTINA COMO COMPANHEIRA DE QUARTO?

No dia que se seguiu ao filmaço do sol indo embora tutelado por histórias protagonizadas pelo povo do teatro de sombras pelo avesso, ancora no espetaculoso quarto de Ella uma nova habitante: *Lenora, a argentina que fala demais*, como rapidamente ficaria conhecida se o remédio não freasse logo a *vibe* da fase maníaca da sua bipolaridade anunciadíssima, solta aos quatro ventos.

Fez questão logo de cara de avisar por que estava ali. Em seguida estendeu sorridente a mão para Ella dizendo o nome, Lenora, com uma disposição que não combinava com a tragédia mais do que anunciada que era estar ali. Ella pensou que poderia dar problema dizer seu nome para o poço de alegria e falta de limites que se esparramava a sua frente. Não adiantaria trocar de nome, seria desmascarada por um ou outro colega de andar loguinho. A demora para revelar o nome foi cutucada por um impaciente *¿Cómo te llamas?* quase gritado, acompanhado de uns olhos arregalados e de um gesto inquiridor regido pelas mãos que não entendiam a falta de vontade de falar da outra. E vencida pela insistência:

— Ella.

— *¿¿¿Fitzgerald???*

— Se tu prefere, que assim seja... Mas esta aqui é só da Silva mesmo.

— *¿¿¿ Así como Lula da Silva???*

— Sim, alguma coisa contra ele? Melhor não ter, já vou te avisando.

Lenora disse que não, era uma simpatizante das mais fervorosas tanto de Lula, quanto de Ella, a Fitzgerald. Calou a boca por uns instantes para o alívio de Ella. Aquilo prometia, resmungava por dentro. Ao menos não era uma bolsomínia negacionista, ufa... No quarto anterior que Ella ocupava, as duas companheiras estavam com depressão daquelas de quase se arrastar pelo chão, não falavam, portanto. Ella lamentava o sofrimento das duas, mas agradecia ao silêncio quase sacrossanto que aquelas dores geravam. Agora teria de enfrentar um rio abaixo em dia de enchente... A recém-chegada perguntou por que Ella estava ali. Depressão?

— Pois olha, sei que um dia perdi o norte, o sul, o leste e o oeste, tudo ao mesmo tempo, ficou tudo muito confuso. Depois uma tentativa, burra no caso, de suicídio, disseram, mas como eu não lembro, eu não concordo com a leitura. Acho que tô aqui por engano, outro dos tantos que já protagonizei, jogando sozinha contra mim mesma quase sempre...

Lenora sentou-se ao lado de Ella e por um ou dois minutos ficou quieta, como se estivesse dando uma espécie de pêsames pelo fracasso da tentativa da companheira. Ella teve medo da aparente paz, mas, ao mesmo tempo, sentiu-se, estranhamente, muito bem acompanhada até. O que viria a seguir? E veio, é claro, e cantando aos berros. A porta escancarada ali atrás delas, e Lenora nem aí pros tais pontos que poderia perder já de cara:

> *Cuando el mundo pierda toda magia*
> *Cuando mi enemiga sea yo*
> *Cuando me apuñale la nostalgia*
> *Y no reconosca ni mi voz*
> *¡Resistiré! Erguida frente a todo*
> *Me volveré de hierro para endurecer la piel*
> *Y aunque los vientos de la vida soplen fuerte*
> *Soy como el junco que se dobla*
> *Pero siempre sigue en pie*

Cantava entusiasmada e chamou Ella para o meio do quarto, onde, juntas, fizeram uma coreografia desconjuntada que movia braços e pernas para todos os lados ao ritmo torto de gritos cantarolados e repetidos muitas vezes, funcionando como um exorcismo há muito adiado. Rindo alto voltaram para as camas, onde gargalhavam ao ponto do povo de branco dar até uma fiscalizada básica. Lenora dizia que nada como uma dramática, exagerada, sentimentalíssima e, por que não, apoteótica canção espanhola das antigas, trilha de filme de Almodóvar e tudo, pra patrolar as dores de dentro da gente. Não existia medicação psiquiátrica mais eficaz do que aquilo! E emendando, e dançando ainda, uma coisa na outra, seguia:

— Com este nome aí tu deve gostar de jazz, né?

— Detesto, não consigo suportar e olha que eu sou doida por música... E nem pergunta muito o porquê da antipatia, nasceu comigo, tenho até pena do jazz frente a este meu sentimento meio descontrolado, quase matador até... Sabia que tu ia falar sobre isso, tu tinha um jeito de que perguntaria isso... Mas faz tempo que tu mora no Brasil?

— Casei com um brasileiro há uns trinta anos atrás e fui ficando por aqui, tendo filho, trabalhando muito e, de uns poucos anos pra cá, saindo fora da casinha um pouco. Terceira vez que volto para este lugar, o povo de branco até já me conhece: *a argentina...* Agora é tua vez de tematizar este lugar aqui, Ella. Cantarola uma música aí pra nós, e nada de *Alfonsina y el mar*, lindíssima, mas não, né? Charly García também não rola, muito óbvio, batido até, só cita o nome dele que já basta. Deixa ele descansando um pouco por hoje... Te puxa aí, vai. E Ella cantarolou:

*Las manos de Fermín*
*Giran y él también*
*Gira y da más vueltas*

*Pobrecito Fermín*
*Quiere ser feliz*
*Gira y da más vueltas*
*En el hospicio le darán*
*Agua, sol y pan*
*Y un ave que guarde su nombre...*

— Peraí, Spinetta e do tempo do *Almendra* ainda? Tu também é argentina, Ella? Cada uma... De onde tu desenterrou essa outra velharia bem mais velha do que a minha aqui?

— Tu vive, invade, te apossa, procria no meu país até, e eu não posso nem conhecer o que cantam lá no teu, Lenora? Conversa estranha essa tua, francamente.... Por exemplo, não gosto de jazz, mas leio e gosto do Cortázar demais, outro quase aí da tua terra, e há muito tempo.

— Que era doido por jazz... Escrevia em jazz, desconfio até. Difícil de te ler pelo jeito... Acho que faz sentido tu andar por aqui vez ou outra, Ella. *Fermín* dói muito, pára com isso! E ficamos sem alegria por enquanto. Precisamos dela pra resistir a esse lugar. Tu não acha?

— Alegria? Pois é... Tu lembra disso aí, Lenora?
*(...) al fin y al cabo algún encuentro había, aunque no pudiera durar más que esse instante terriblemente*

*dulce en el que lo mejor sin lugar a dudas hubiera sido inclinarse apenas hacia afuera y dejarse ir, paf se acabó.*

— Como esquecer... E terá Oliveira morrido, Ella? Tu já cogitou isso, né? O meu conterrâneo aí era matreiro, sagaz, pra não dizer muito do debochado...Cuidado com o que tu adota como oráculo. Pode ser fria, Ella, fica esperta. Literatura é literatura, já a vida não sei o que é... E vamos cantar de novo pra purgar essa estadia fudida por essas plagas do inferno:

*Cuando me amenace la locura*
*Cuando en mi moneda salga cruz*
*Cuando el diablo pase la factura*
*O si alguna vez me faltas tú*
*¡Resistiré! Erguida frente a todo...*

E juntas cantaram outro fim do dia, na companhia de um outro sol que se mudava de mala e cuia pra dentro do quarto de Ella *y* Lenora, atado a elas, numa comunhão iluminada, naquele fim de tarde repleto de lições miúdas de existir, quem saberia...

## CAPÍTULO VI
## *RESISTIRÉ* À CONSULTA COM A PSIQUIATRA E SEU VEREDITO TÃO CHEIO DE CERTEZAS INCERTAS (?)?

Meio do dia. Hora do almoço e da consulta com a psiquiatra nova, a segunda nos poucos dias em que Ella estava internada. Teria de contar tudo de novo... Não entendia a razão da troca. Era o velho e persistente Sísifo sempre de plantão na vida de Ella. Contaria, fazer o quê? Angústia da espécie que fazia doer os músculos da barriga e do peito tomou conta dela. Mas vai que as perguntas seriam outras dessa vez. Acreditava um pouco na sorte.

Chamou pelo seu nome, e Ella adentrou o consultório. Uma mulher que aparentava ter mais ou menos a sua idade recebeu Ella com uma gentileza que sorria, mesmo com o rosto escondido pela máscara. Elogiou o seu nome estranho e não relacionou com a outra conhecidíssima. Ella pediu desculpa, pois estava sem máscara. Não usavam ali dentro do andar e isso fez com que ela esquecesse a proteção no quarto. Deixou claro que não era uma negacionista, acreditava na Ciência e no que ela inventava para melhorar a vida da humanidade. Buscaria a máscara, sem problema. A médica acalmou Ella com um *Não precisa buscar, tudo bem. Na próxima tu vem vestida a caráter, conforme o protocolo, combinado?*

Começou a consulta lendo as anotações da primeira médica, que concluía que Ella teria tido um surto psicótico, fruto, talvez, de uma crise provocada por uma possível bipolaridade tardiamente manifestada e aflorada certamente pelo estresse e solidão provocados pelo confinamento da pandemia. *Nossa... Quanta bipolaridade para um planeta só, sobrou até um pouco pra mim...* comentava, desacreditando, Ella, por dentro dela, do veredito a caminho. Estava medicada e, pelo jeito, fora da crise já. Ficaria internada por um tempo para ver como se adaptaria às medicações. Precisavam conversar mais para chegarem a um diagnóstico mais preciso. Falou bastante, muito até, sobre o possível transtorno de Ella e o que ele poderia gerar na sua vida dali para frente caso não se tratasse. Perguntou muito sobre a vida que levava. Perguntou pela família. Ella conversava um assunto com a médica e outro com ela mesma... Viajou até...

O lugar onde chegou era dos mais inusitados, mais do que aquele ali, no alto de um dos morros da sua cidade. Um dia de novembro, antes do início da pandemia ainda, em um pequeno e jovem município do Litoral Norte, fruto de colonização açoriana. Ella, os dois irmãos e o companheiro de uma vida. Cemitério do Canto. Fazia jus ao nome pelo escondido em que se encontrava. Demoraram para achar. Há uns quarenta anos os irmãos não visitavam o espaço limitado por uma cerca de pedras arredondadas retiradas certamente do rio que cruzava a região e que, pela lógica, abrigava ainda os restos mortais dos dois avós maternos, do avô paterno e de uma porção de outros parentes que só conheceram pelos nomes que povoavam histórias de outros tempos que a família contava quando se reunia, época de pai e de muitos tios e tias ainda vivos.

O portão sem cadeado facilitou a entrada no que poderia ser caracterizado como circo dos horrores da existência que finda e vai caindo num esquecimento até virar um nada. Os quatro seguiram juntos até o fundo do cemitério. Bem à esquerda encontrariam, tinham uma ingênua certeza, conheciam o caminho, o túmulo caprichado que o pai fez questão de mandar fazer para a sepultura do avô já morto há muitos anos.

Seria fácil de achar porque era revestido por uma pedra diferente, bonita até. A cruz era de uma outra pedra muito, muito branquinha, de uma delicadeza e de uma lisura que comovia o olhar e as mãos curiosas deles crianças. Falavam baixinho, pra não magoar os outros mortos, seguindo instrução da mãe, que era a casinha de morto mais bonitinha do lugar.

Ali Ella e os irmãos conheceram o rosto do avô, e Ella enxergava, sempre no 2 de novembro, na placa de bronze, ao lado de uma estrelinha, seu dia e seu mês de aniversário grudados num outro ano bem lá do início do século XX. Nasceram, num mesmo dia de um mesmo setembro cheio de primavera, distantes só no tempo, ela e o avô, que morreu muito cedo de uma doença meio misteriosa, e que, para Ella e os irmãos, sempre morou ali no Cemitério do Canto. E procuravam...

— *Tu ouve vozes, Ella? Tem alucinações?*

E não achavam e não achavam. E caminhavam por tudo... E procuravam os outros dois avós no meio da busca ao avô paterno. O companheiro de Ella parou e ficou assistindo agoniado, de longe, num dos cantos do cemitério, o movimento desordenado dos três na busca desesperada, indignada, no meio daquele mar de túmulos corroídos pelo tempo e pelo abandono. Como moscas tontas se embrenhavam entre as sepulturas e nada, nem uma única pista.

O que teria sido feito dos dois avôs agricultores e da avó, uma parteira que tanta gente trouxe para aquele mundo? Foram uma gente trabalhadora, de sol a sol, que ajudaram a fazer o lugar e para quem nem uns palmos de terra sobraram pra descansarem os ossos... Ella e os irmãos imaginavam que eles teriam sido removidos para o ossário, talvez, mas nem isso havia ali... Ella chorou inconformada, sentada sobre um túmulo sujo e antigo e enfeiado por umas tristes flores de plástico judiadas por chuva, sol, calor e frio.

— *Caso de transtorno mental na família, Ella?*

Nisso, o irmão mais velho chama todos para verem um túmulo que ficava na parte central do cemitério, que destoava nos cuidados e, obviamente, na sua conservação. Parecia recém-construído. Era um ET em meio aquele sucateamento todo de sepulturas. Sem explicação. Brilhava, até, de tão limpinho. Era o do tio Fênix, irmão do avô paterno de Ella, morto há muito mais tempo do que ele. Ella e os irmãos não o conheceram, só ouviram falar sobre o tal tio-avô. E, sem explicação, o irmão de Ella narra, vomita, como se fosse um conto da carochinha, a história do enlouquecimento do tio Fênix. Foi perdendo a razão, o gosto pelo viver, ficando esquisito e morreu sozinho, isolado dentro de um quarto, onde, por alguns anos, passou seus dias trancado, sem suportar conviver com ninguém. E o irmão continuava. E só piorava o vomitório. Contava que seus dois filhos e mais duas netas e um neto tiveram destinos semelhantes... Uma tristeza atrás da outra, como se fossem histórias inventadas, não vividas, de tão absurdamente sem saída... Ella pensava se deveria contar aquilo para a psiquiatra. Não contou... Teve medo de nunca mais sair dali...

— *Dois suicídios na família materna? É isso, Ella?*

Nem lembrava que tinha dado essa macabra informação para a psiquiatra anterior. Teve de confirmar pra não ficar tudo mais estranho pro lado dela. E resolveu mudar o foco, já tinha sido assunto demais para aquele dia.

— Mas e o Valdomiro, doutora, vai ficar a vida inteirinha aqui dentro e daquele jeito? Não tem cura mesmo? Ele cheira muito mal, mal se alimenta talvez. Deve sofrer. Não posso com aquilo. Ninguém quer ficar perto dele, nem eu tô podendo com o cheiro dele, e olha que eu sou escolada nessas coisas de suportar cheiros e coisas difíceis de todo tipo.

— Ele nem percebe, Ella. E tu, tu não deve ficar suportando o cheiro dele não, tu não precisa mais fazer isso, precisa? Te cuida pra tu melhorar. Esta semana tenho uma conversa com teu filho e teu companheiro. Já conheci os dois, estão preocupados contigo, com saudades. Já tá liberada pra falar por telefone com eles hoje à tarde.

— Cuidar de mim também é cuidar do Valdomiro, doutora. Não fico bem vendo ele assim. Não tem como melhorar mesmo? Mais banho, mais roupa limpa, quem sabe? Alguém ajudando ele a conduzir a comida até a boca... Uma pessoa da enfermagem poderia dar uma atenção nessa hora. Sei que ele se alimenta por sonda, no quarto, mas parece gostar de ficar com a gente lá no refeitório, até puxa assunto daquele jeito dele. Eu, e alguns internos do tipo mais pacienciosos, damos conversa pro Valdomiro, mesmo sem entendermos nada direito. E ele sorri, doutora, e fica tudo tão lindo quando isso acontece! Não quero me meter muito, já entendi como as coisas funcionam aqui, ando mais esperta, mas eu precisava falar ao menos.

No retorno ao refeitório, o prato de comida de Ella estava à sua espera. Almoçou sozinha pela primeira vez desde que tinha chegado no tal quinto andar. Mais ou menos sozinha: precisava ser honesta consigo mesma ao menos. Antes tarde do que nunca. Na cabeceira da mesa, enxergava Tio Fênix, o doentinho da cabeça, como era tratado pelo povo do lugar onde viveu, e via, nos demais assentos, a sua prole amaldiçoada pela falta de juízo que ele deixou de herança. Na mesma mesa, o primo e a prima que decidiram, lá por dentro, sair mais cedo daquilo que chamavam de vida e que deveria ser boa de se viver e simples de ser alcançada, como os manuais de autoajuda proclamam, mentindo, é claro, aos desavisados. Todos com uma tranquilidade bonita de se ver, acompanhando Ella, comiam um alimento imaginário, que tentava inutilmente nutrir suas almas destrambelhadas e famintas de algo desconhecido que buscavam, e que nunca chegaria, talvez.

# CAPÍTULO VII
# *RESISTIRÉ* A NÃO LER NADA QUE PRESTE E A OUTROS ABSURDOS ASSEMELHADOS HÁ MAIS DE UMA SEMANA?

Depois do almoço em comunhão com a família que, à medida que terminava de comer, lentamente retornava para o plano onde eram mais plenos ou menos perturbados, Ella é chamada para falar por telefone com o filho e com o companheiro, as duas pessoas que ancoravam seu estar por aqui há tanto tempo. Correu ao encontro dos dois de sempre. Estava louquinha para ouvir as vozes de todo dia, doutora!

A voz do filho! Era quase divina, se isso existisse! Aquele som de uma voz cheia de perguntas e de interesse sobre ela simbolizava a liberdade chegando. Tu tá bem, mãe? Saudades de ti, melhora logo! O meu cachorro tá doido aqui, te procurando pela casa inteira. Separei e já deixamos ontem aí umas roupas mais quentinhas pra ti. E uns livros que deduzi que tu tava lendo, mais umas revistas. Vamos ver se passa pelo índex que rege o que pode ser lido, segundo as regras do hospital. Limpei a casa pra te esperar, viu? Deixei o escritório, o teu refúgio, o teu espaço de encontrar teus vários mundos, do mesmo jeito. Sempre tão arrumado, até quando tu tá meio sem bússola, só desliguei o computador, coitado, há dias rodando sem destino, sem te achar.

Ella mal respondia, não queria perder tempo se ouvindo, só queria ouvir os outros. Mais ou menos os outros. Com o companheiro a coisa foi puxada pro excessivamente lacônico:

— Saudades de ti, Ella.

— E eu com isso! Azar o teu, eu não tô.

Pelo jeito, Ella ainda não tinha perdoado o companheiro pelo "sim" traíra à internação.

Os magros cinco minutos de ligação a que tinha direito se foram. Na fila, muitos olhos esperavam ansiosos pela hora de ouvirem as vozes *vindas de fora, vindas do outro*, feito *mãos estendidas* chegando de tantos lugares, tão necessárias para cruzarem o deserto de cada um a ser enfrentado ali.

Na manhã seguinte, junto com o sol, chegou a roupa limpa e quentinha e um material de leitura, pelo jeitão do pacote. Só roupa certa da cabeça desta vez, ufa... Poderia se libertar do Che, finalmente. E foi, seca de sede de ler, abrir o saco de lixo preto com os livros. Certamente, o filho teria mandado aqueles que estavam sobre a escrivaninha sinalizados com os marcadores, gritando que estavam sendo lidos, sim, por Ella. E abriu, e quase chorou. Nenhum livro dos que Ella estava no meio, no início, quase no fim, da leitura... Também os títulos: *O filho de mil homens*, *A ridícula ideia de nunca mais te ver*, *Tão triste como ela*..., enfim, *no pasarán,* filho... Não passaram pelo crivo. Fora Onetti, fora Rosa Montero e fora Valter Hugo Mãe! Vão enlouquecer doida em outras plagas, vão! Imaginava a fala do pouco letrado examinador ou examinadora das leituras praguejando contra os títulos.

Ella deduzia que eles só liam os títulos. Será que passavam os olhos sobre a orelha ou contracapa? Folheavam, numa leitura dinâmica que fosse, o conteúdo? Duvidava... Daí ria e pensava que o filho poderia, da próxima vez, mandar uns títulos mais leves, fofos até, tipo *O jogo da Amarelinha, o Livro de Manuel, Prosa no observatório, Orientação dos gatos, Fora de hora, Histórias de Cronópios e Famas*. Seriam, pela total ausência de lógica que habitava aquele lugar, aprovadíssimos! Tudo livro pra criança! E viva Cortázar, que dominava até a falta de noção de lugares como aquele e aplicava esse conhecimento na hora de batizar seus livros! Ele podia até perder amigo, mas leitores, estivessem onde estivessem, jamais! Agradeceu ao companheiro grandalhão por dominar o metiê de escritor como quase ninguém, incluindo o cuidado com os títulos todos, e ria, pra não chorar, pela decepção de não ter seus livros tão esperados por perto.

Mas... mas alguma leitura tinha vindo! Revistas! Doze... Todas do tipo mais do mesmo, uma coleção de *Vidinha burra*... Anos atrás, quando ainda estava professora, assinava o tal periódico. Servia pra aliviar a cabeça, não precisava nem pensar pra ler, e o texto era do tipo bonzinho e dócil, todos escreviam do mesmo jeito civilizado, educadamente, de pernas cruzadas quase. Simpaticíssimos escribas, aguerridos adeptos de uma *vida simples*.... Isso deixava Ella incomodada, mas nada que tolhesse sua busca pelas receitas ilusórias de como resolver qualquer problema fácil (?) da existência, lendo apenas algumas poucas páginas: *Onde mora a felicidade? Saiba recomeçar! Como ser feliz no trabalho? Abra-se para as mudanças, Desafie suas crenças,* e por aí perambulava a coisa na direção de uma plenitude meio duvidosa.

Um dia Ella se irritou com a tal revista, cancelou a assinatura e colocou todinhas no fogo, ao mesmo tempo, no sitiozinho onde ela e o companheiro costumavam se isolar das coisas complicadas às vezes. Simples assim, *Vidinha Burra*, francamente... Virou fumaça a tal pregação tola que ela ajudava a financiar. No final de 2019, em meio a uma canseira fudida nas entranhas, depois de uma caminhada comprida pela cidade, reencontrou a revista na Banca da República e, tal como uma fênix, renasceu nela o desejo de ler aquela coisa fácil-difícil de ser engolida de novo. A porra da história se repetia... Assinou outra vez a revista, e agora elas estavam todas ali, empilhadas, prontas para simplificarem, via releitura, a vida de Ella.

Depois do banho, hora triste, quando enxergava o hematoma gigante deixado no braço pela força bruta do *porco* que grampeou Ella à vida lá na beira do Arroio Dilúvio, começou a folhear alguns números da tal revista. Buscava os sumários para selecionar temas que combinassem com seu estado de espírito. A leitura rápida de Ella denunciava o quão raso e pouco cuidadoso era o exame dos assuntos que entravam ali: *Onde moram os monstros?, Para olhar na cara da solidão, Onde moram os seus medos?, O que aprendi com o suicídio de meu pai?, A coragem de não agradar, Olhar para o câncer, O que aprendi com meu parto?, Em busca do equilíbrio, O que aprendi ao encontrar meu pai?*. E seguia a lista de facetas de existir que provocavam no mínimo frio na barriga com seu desfilar rápido pelos olhos de Ella. E os seus livros queridos proibidos de entrarem ali, por favor...

Nisso, Bruno, seu mais novo comparsa do andar, adentra o quarto de Ella, sem nenhuma preocupação com os pontos que poderia perder ao agir daquela forma, e começa a folhear uma *Vidinha Burra* também. Com alegria até, pega um número do tal *amansa desespero da existência* e tem uma ideia brilhante:

— Vamos levar todas lá pra sala de TV, Ella, onde só o sol tá mandando um monte nesta hora da manhã?

Ella pensou no exame pouco cuidadoso dos temas, não sabia se faria bem para outros e outras em pior situação do que ela por ali. Bruno achou bobagem a preocupação. Se aquele monte de *Vidinha burra* estava por ali é porque poderiam estar, segundo a vigilância de plantão.

— A vida entra, do jeito que é, por qualquer fresta, Ella, não adianta tentar esconder tanto os defuntos no armário, entende?

Entendeu e foram rumo ao sol da manhã levando um monte de *Vidinha Burra* a tiracolo. Havia um grupo de uns outros cinco ou seis internos sendo assistidos por uma Ana Maria Braga gasguita e quase sempre tão feliz com tudo. Como podia aquilo? E sempre? Sísifo, Sísifo... Dá um tempo, te faz de útil uma vez que seja, e carrega montanha acima essa loirice estridente, essa genuína estraga-manhã, vai! E não deixa rolar de novo lá de cima desta vez, por favor!

Bruno espalhou as revistas sobre a mesinha de centro e, aos poucos, os muitos números de *Vidinha Burra* começaram a se movimentar para as mãos dos internos. Ella, distraída pela agitação delicada, parou de ler a revista e passou para a leitura dos rostos dos companheiros de andar. Via luz, que não era só do sol, em cada um deles, e que vinha de dentro, de uma ligação direta entre olhos, cérebro e coração que a leitura dos textos prometia em seus títulos. E, aos poucos, à medida que adentravam o corpo dos textos, que admiravam o bom gosto de uma ilustração aqui, de uma foto de tirar o fôlego numa outra página mais adiante, essa luz ia crescendo até quase ofuscar o sol que estava além das grades. Pareciam nem se importar se o tal astro-rei resolvesse ir embora. Agora, bem ali, nas mãos deles, tinham o seu próprio sol, que se abria em muitos raios a cada nova página que viravam.

# CAPÍTULO VIII
## *RESISTIRÉ* ÀS IMAGINÁRIAS DESVENTURAS DE UNS FIÉIS ESCUDEIROS QUE SE SONHAM CAVALEIROS DURANTE O BANHO DE SOL?

Meio da manhã. Ella e o povo do quinto andar descem rumo ao pátio bonito, muito arborizado do hospital. Momento de deixar a pele se encontrar com o sol sem o filtro do vidro e as sombras do gradil. Caminham todos juntos, guiados por um enfermeiro que chamou Ella, Bruno e mais uns dois ou três dali por seus nomes logo de cara. Diferente aquilo. Não tinham crachá nem nada. Indício de figurinhas marcadas? Bah... Mas era bacana ele, puxava assunto com todos. Auxiliava, por exemplo, uma interna mais medicada, oferecendo o braço, ajudando no equilíbrio para que ela conseguisse subir a pequena lomba que levava ao espaço destinado, no jardim imenso, ao povo do quinto andar.

No espaço aberto, caminhavam pra lá e pra cá e podiam conversar mais sobre tudo, sem medo de terem ouvidas suas conversas quase sempre de comadre e, desse modo, pela insensatez insistente que os perseguia, perderem os tais pontos que alguns internos juravam existir. Bruno estava agitado naquele dia. Caminhava ligeiro. Ella acompanhava, mas pediu para ele desacelerar um pouco.

— Pra quê?

— Pra olhar pros lados, quem sabe? Eu quero olhar, não tá dando nesse teu ritmo.

Bruno tinha quase a mesma idade do filho de Ella, era uns dois anos mais velho. Fazia meses que estava ali. Não sabia quando sairia. Na cidade tinha a mãe com quem morava, o pai que via muito, muito pouco, e um tio. Fora, uma irmã, que morava muito longe, em outro estado. Gostaria de morar com ela quando saísse dali. Tinha paciência com ele, ao menos tinha tido uma vez. Estava ali por uso de umas drogas das menos leves, não era a primeira vez. De novo havia interrompido o curso universitário, não terminava aquilo.

Havia passado em pelo menos três vestibulares da UFRGS, iniciado dois dos três cursos e não finalizava nunca o curso em curso. Lia muito, sabia muito, entendia de uma porção de coisas, só não se entendia. No colégio era do chiqueirinho dos mais inteligentes, ria de si mesmo quando dizia isso. Explicou que o tal chiqueirinho era a turma dos portadores de altas habilidades da escola pública que frequentou no Ensino Fundamental e que era oferecida aos desavisados que, por exemplo, aprendiam a ler sem nem ao menos saberem falar direito ainda. Uma baita porcaria de cruz pra carregar, entre tantas outras. *Altas habilidades em que mesmo? Pois sim... Haja planeta pra tanta gaveta, pra tanto apartheid, né...* Tinha uma conversa boa, quase sempre salpicada de sarcasmo. Era difícil no trato o Bruno.

E caminhavam, e caminhavam pra lá e pra cá. Até que numa das idas para o fundo do jardim ouvem um barulho de água, pelo jeito um córrego, e seguem animadíssimos os ouvidos em busca do que o som anunciava. Sabiam que tinha uma cachoeira por ali, história que corria entre os internos. E, juntos, encontraram a tal cachoeira, minúscula, mas cachoeira. Encontraram, juntos também, os seus nomes gritados aos quatro ventos pelo enfermeiro responsável pelo grupo.

— Nós vamos olhar pra cachoeira lendária um pouco, né, Bruno? Azar do povo de branco... Que se rasgue um pouco berrando por lá...

— Mas é claro que sim, Ella. Tá faltando movimento nessa porra de hospital. Vamu animar isso aqui, por uns instantes que seja.

E dê-lhe grito de enfermeiro funcionando como música ambiente...

Naqueles curtos minutos que durou a contemplação da quedinha d'água, Ella voltou uns quarenta anos atrás em sua vida e se viu ao lado de uma outra cachoeira bem maior e muito mais bonita do que aquela, em um outro morro da cidade, onde banhava sua adolescência divertida, em dias de outros verões, junto com a turma com quem cresceu naquela beirada de Porto Alegre. Bruno olhava Ella que olhava a cachoeira e ria do excesso de berros do enfermeiro indignado. Brincava que em breve a brigada antifuga seria acionada se os dois insistissem em continuar com o movimento rebelde, quase guerrilheiro. Voltaram, portanto.

Ouviram a reprimenda esperada, pediram umas cínicas desculpas e contaram pra todos a belezura que era a tal cachoeira lendária. O enfermeiro ficou atento à descrição exagerada de propósito de Ella e de Bruno, maldosamente combinada pelos dois no caminho de volta até o grupo. Precisavam levar alguma alegria aos companheiros mais catatônicos, isso era imprescindível! Diziam que lamentavam não terem um celular à mão para documentar a efeméride e poder, assim, socializar a belezura que encontraram. Merecia um belo registro fotográfico aquilo tudo, ah como merecia... E, por dentro, riam de se mijar da porcaria de cachoeira que encontraram. A expressão do enfermeiro, entre o sério e o estupefato com a tamanha cara de pau dos dois, valia todos os pontos perdidos com a brincadeira de encontrar cachoeira misteriosa e minguada no meio de jardim de doido.

O banho de sol continuou por mais um tempo. E rendeu uma combinação que ocupou, pro bem e pro muito mal, a vida de Bruno e Ella por uns dias. Veio na forma de uma pergunta estranha:

— Ella, tu topa ser meu Sancho Pança? Tô gostando da tua parceria aí.

— Par ou ímpar?

— Pra que isso, Ella?

— Também sou o Quixote! Tu nunca desconfiou, Bruno?

— Tá, mas quem é que vai ser o Sancho?

— Sei lá... Não querendo ser mandona, eu acho, Bruno, que eu deveria levar esta promoção, por merecimento e também por tempo de serviço. Faz um baita tempo que eu ando atacando, a grito até, gigantes que não passam de uns moinhos de vento já meio enferrujados, emperrados mesmo, por esta cidade e, vez ou outra, saio provocando desatinadamente muito leão gordo, podre de acomodado, que insiste em ficar em sua jaula, bocejando, sem um pingo de vergonha que seja do seu conformismo. (*Odeio os indiferentes,* Gramsci!). E isso tudo não contando sequer com um mísero bondoso e prudente Sanchinho Pança tentando me convencer a não fazer ou a fazer diferente, quem sabe. Enfim, mereço bem mais ser o Quixote do que tu, eu desconfio. E olha, tem mais: faz um tempão que eu caminho sobre essas terras levando a literatura nas costas, literalmente, pra lá e pra cá, deixando até ela tomar o lugar dos meus olhos por tantas vezes. Tenho pelo menos dois dos pré-requisitos básicos para enfrentar a empreitada, o que tu acha?

— Que pré-requisitos, Ella? Tu tem cada uma...

— O atrevimento desnorteado e a literatura nos olhos, ora bolas.

— *Feliz do poeta que trazia a bandeira no nome. Eu trago a minha nos olhos,* Ella.

— Isso é teu, Bruno?

— Não. É de um poeta curitibano de nome Paulo, do tempo do Leminski até, mas que não é o Leminski. Do tipo maldito também. Foram contemporâneos lá pela década de 1980, conta a lenda. Uma namorada paranaense que tive, muito mais velha do que eu, num verão que passei na Ilha do Mel, disse esse poema-disparate um dia pros meus olhos verdosos e meio diferentes às vezes. Se a questão é a literatura nos olhos... eu ganho. Meus olhos, que são também os do poeta outro lá, segundo a não mais minha namorada já faz tempo, até inspiram, fazem literatura por aí, não acha?

— Sei lá, isso aí tá parecendo mais um dos tantos ditos do Sancho que povoavam as conversas dele com o Quixote e companhia por La Mancha afora.

- Tipo "Se outras casas não têm goteira, a minha não tem telhado"? Ou quem sabe: "Não há estrada tão plana que não tenha algum buraco ou lombada". Temos ainda: "A loucura deve ter mais servos e agregados que o bom senso". Por fim: "Se o cego guia outro cego, ambos correm o risco de cair no abismo". Que tal, Ellinha? Rebate essa agora, vai!

— Aprovadíssimo pro papel de Sancho, Bruno! Tu já decorou até uns pedaços de falas do fiel escudeiro! Que memória filha da puta que tu tem, seu doido!

— Mas é só por hoje que tu é Quixote, Ella. Amanhã eu sou o Quixote e tu vira o Sancho. Precisamos de alternância no poder e, é claro, de justiça, de direitos iguais e de democracia na gestão do pouco juízo que nos rege, tu não acha?

E seguiram lomba abaixo atrás da pequena multidão de *sem rumos* guiada pelo estranho povo de branco que sabia os nomes de todo mundo. Na descida, acompanhados pelo burrico e pelo pangaré Rocinante, Quixote e Sancho, Sancho e Quixote, caminhavam e se sonhavam, alternadamente lá por dentro, cavaleiro e escudeiro, escudeiro e cavaleiro dispostos a desbravar, com seus olhos e ouvidos povoados por histórias de tantos tempos, outros dias naquela mancha de lugar nenhum.

## CAPÍTULO IX
## *RESISTIRÉ À FUGA DO HOMEM ALMA?*

A brincadeira de Quixote e Sancho tomou conta de Ella e Bruno por uns dias. A cada manhã, na hora do café, se cumprimentavam, em meio a risadas discretas, pelo novo nome e se apropriavam do papel que assumiam com destreza até. Tinham jogo de corpo pra mudar de amo para escudeiro com uma facilidade estranha. Num dia cuidavam e no outro eram cuidados nos seus destrambelhos, brincavam. Assim ninguém ficava sobrecarregado. E uma estranha simbiose foi se criando a partir desse jogo de ser um mas ser três.

Numa noite, enquanto faziam de conta que assistiam a novela das nove da Globo junto com os outros internos, Bruno, que naquele dia era Quixote, comunica ao Sancho Ella uma coisa complicada: fugiria daquele inferno repetitivo na manhã seguinte, na hora do banho de sol, e gostaria que Ella fosse com ele. Tinha descoberto um jeito de cair fora com segurança. Daria certo.

— Tu vem, Ella?

— Pra que isso, Bruno? Tu já fugiu uma outra vez, né? E não deu certo, caiu aqui de novo.

— Dessa vez não volto, Ella, vou mostrar pra ela que estou bem, que não preciso mais ficar aqui. Só preciso de uma outra chance. Ela vai me aceitar de volta. Tu não quer sair daqui? Vejo o teu cansaço com a mesma coisa todo dia, e tu não vai sair? Volta pra casa pelas tuas pernas, eles vão te receber bem. Aqui esse povo de branco vai te deixar de molho mais um tempão, tu vai ver.

— Não. Não vou. Fui acostumando a conviver com mesmice, e já faz tempo. Tolero, suporto na boa. E não quero dar mais razão pra acharem que meu lugar é por aqui mesmo. Tenho filho, companheiro, mãe, meus irmãos, sobrinhos, alguns amigos. Seria uma barbaridade colocar em pânico todo mundo de novo. Tô mais centrada, acho. Posso ser, estar, meio destrambelhada, mas não sou cruel.

— Não sei por que tu tá aqui, Ella? Por que tu perdeu teu rumo? Tu tem um monte de gente torcendo por ti lá fora, bonito isso.

— O problema é que eu não torço por mim, Bruno, desde há muito. E não me pergunta por que, eu não sei. Um dia eu acho um jeito de resolver isso.

— Não vem mesmo, então?

— Acho que tu não deveria ir, cavaleiro da risonha figura. Pensa que isso pode prolongar mais ainda teus dias aqui, ouve a tua fiel escudeira.

— Quer saber Ella? Pára de me encher com essa bobagem infantil de enlouquecidos pela literatura, pelo Quixote, pelo diabo a quatro, que nós inventamos! E vai atucanar outro com essa conversa meio de mãe que tu desencavou, vai. Não me torra mais a paciência! *E hoje eu vou te mandar pra Portugal de navio!*

— Na boa, vou sem problema, ainda mais se tu pagar a passagem. Só que cuidado aí com a baixa tolerância à frustração, tema daquela hora perdida de conversa furada na terapia de grupo inutilíssima de hoje, que ai, que porcaria... Pensa aí se vale a pena mesmo este teu plano.

No dia seguinte... Hora do banho de sol. Bruno Quixote inquieto. Sancho Ella apreensiva. Fugiria o Cavaleiro da risonha figura? E Ella ali sabendo de tudo... E como ele faria sem a medicação? Sem documento? Sem dinheiro? Sem ter pra onde ir... Procuraria as velhas porcarias de sempre que trariam ele de volta pro quinto andar? Parecia mãe Ella. E nem era. Ele tinha razão. Deixa ele brincar de *Manuel, o audaz*... Vai que melhora, vai que aprende...

Bruno Quixote não conversou com Sancho Ella na hora do sol, como chamavam a saída pro pátio. Estavam cada um na sua caminhada solitária naquele pedaço de manhã, ligados pelo segredo desconfortável. Ella se distraiu catando umas sementes bonitas de uma árvore gigantesca do jardim. Perdeu ele de vista. Na volta, em frente à entrada do hospital, hora de verificar se todos voltaram, o anunciado cria corpo: Cadê o Bruno? Cadê? Cadê o Bruno, Ella, vocês sempre caminham juntos? O burburinho cresceu e logo o povo de branco que liderava o grupo aciona a brigada antifuga pra tentar encontrar quem já deveria estar longe àquelas alturas.

A tarde sem Bruno Quixote por perto passou muito devagar para Ella. Estavam no terceiro andar, na sala destinada a atividades que se anunciavam artísticas: pintura, desenho, modelagem... E Ella lembrou de uma outra tarde em que Bruno resolveu bisbilhotar o que ela estava fazendo. Ella pintava com giz de cera de muitas cores, feito criança bem pequena, uma folha onde havia copiado, lá de dentro de suas lembranças, a letra de uma música, mais ou menos assim:

*E o Homem Alma em pleno sol*
*Caminha infeliz e não sabe suportar o tempo*
*Nem a verdade de ser tão só*
*Escuta tua própria voz dizer*
*Que a vida é a fé num Homem,*
*Alma,*
*E isto agradará teu coração.*
**Nelson (o Coelho de Castro...**
**Há algum tempo atrás...)**

— Bah, de arrebentar por dentro aqui. Cada coisa que tu carrega, credo... Quem é esse Nelson aí, Ella?

— O Coelho de Castro né, Bruno! Não vai me dizer que tu nasceu em Porto Alegre e nunca ouviu falar no Nelson. Inadmissível esta tua falha, tá até merecendo quase um zero na tua formação sensível-existencial nas quebradas cheias de muitos elementos que tu já percorreu, seu metido a esperto.

E Ella deu uma longa e interessante aulinha sobre o Nelson pro companheiro da jornada de alma embotada por remédio que estavam tendo. No final de tudo, Bruno já cantarolava um *Desfilar* aqui, *O Beijo* ali, um *Hei de ver* um pouco mais lá atrás no tempo. De contrabando entrou um pouco de Nei Lisboa, de Bebeto Alves, de Musical Saracura... Todos brilhando muito na memória de Ella, pura emoção fugindo ao controle do remédio e alimentando a conversa com Bruno. Terminaram aquelas lembranças. E o sol se foi, levando a tarde vazia. Precisavam voltar para o quinto andar.

No retorno ao quinto andar, ouviram uma gritaria que vinha do quarto do Bruno Quixote. Era desespero em cascata saindo pela porta escancarada. Um berreiro preso a um corpo no fundo de uma cama. Ella foi até a porta, nenhum povo de branco lá dentro. Uma interna das que conversava sempre com eles e que não tinha descido para o andar da atividade de artes, disse pra Ella não entrar. Já tinha tentado falar com o Bruno, mas não se acalmava, parecia que ficava pior.

— Ele tá amarrado, Ella. E desesperado. A gente quase não aguenta olhar.

Ella entrou, achava que aguentaria olhar, falar com ele sim. Precisava.

— Ella, ela me devolveu, me trouxe de volta! Eu procurei ela desarmado, armado só de vontade de ser outro, Ella, e ela não acreditou em mim, pode isso? Mentiu que só buscaríamos a medicação, as roupas e explicaríamos a situação pra médica, e a minha mãe, Ella, me deixou aqui de novo! Nasci de uma cretina, de uma covarde, de uma sem coragem! Ela que deveria estar aqui, trancafiada com a falta de caráter e com o egoísmo insano que rega todos os dias!

Ella quase não aguentou ouvir o que Bruno chorava, mas segurou, nem desmanchou a expressão de que entendia, mesmo por dentro pouco querendo entender. Roía, lá no fundo dela, parecido com uma dor velha de traição que um dia uma mãe e um pai protagonizaram na vida de Ella. Não sofreu devolução, mas foi despachada como um pacote enviado por engano pelo correio e que precisava chegar a um destino que não era ali por perto deles. Ser devolvido, ser mandado embora, ser carimbado de estranho, expressões esquisitas para o universo da paternidade e da maternidade que as pessoas, romanticamente, se candidatam a habitar. Enfim...

Deixou o quarto de Bruno, tão lotado de desespero na alma, e, no caminho que percorreu pelo corredor até chegar ao seu, ouvia as quatro badaladas do sino que abriam uma canção muito antiga do Lennon em que ele gritava, atormentado, e muitas vezes, duas palavras que também doíam um bocado em Ella e em Bruno. Naquela noite, dormiu ninada pela voz chorosa do Bruno chamando pela mãe de um jeito torto, emendada à voz desesperada de Lennon, que se grudava à de Ella calada, só imaginada.

## CAPÍTULO X
## *RESISTIRÉ* SIM... AO REENCONTRO COM A VIDA LÁ FORA E COM AS GENTES DE SEMPRE...

Os dias que se seguiram ao retorno de Bruno para o quinto andar daquele lugar nenhum foram de silêncio das duas partes. Ella não queria deixar Bruno constrangido em conversa sobre a fuga frustrada e a rápida devolução brutal que sofreu. Bruno, não tinha o que declarar, estava estampado em seu desânimo que se refletia num quase dormir eterno, num quase não comer, num quase não falar, num resguardo das entranhas lá dele.

No terceiro ou quarto dia depois da volta de Bruno, Ella teve uma consulta com a psiquiatra no mesmo horário do meio-dia de sempre. Estava sob controle, segundo a médica, bem melhor sim. Para Ella, lá por dentro, a medicação, feito planta invasora, estava tomando conta do jardim das ideias dela. Às vezes os comprimidos brancos de mais de um tamanho até perdiam pras encrencas que Ella carregava, mas em seguida recuperavam o controle com certa facilidade e com uma autoridade estúpida. Sairia no dia seguinte, com recomendação de buscar uma assistência psiquiátrica para acompanhar a medicação, e uma psicoterapia, pois iria precisar pra se manter no prumo. Concordou, naquelas. Precisava, né...

Na finaleira da última consulta de Ella naquele lugar tristonho, ela puxa um sorriso por baixo da máscara e agradece à médica, que fez de conta que não entendeu:

— Obrigada, doutora! O Valdomiro anda limpinho, arrumadinho, cheiroso até! O mundo avança, aos pouquinhos, mas vai, né? Ele parece mais feliz assim de mais banho tomado. Agora tem gente por perto, sem medo do cheiro dele, sem nojo dele existir. Viu como ele sentia? Todo mundo sente...

Naquele último dia ali, almoçou outra vez sem seus parceiros de andar, e acompanhada de novo por tio Fênix e por sua trupe viciada em reprisar sempre o mesmo louco espetáculo. O olhar parado do tio-avô, que só conhecia pela fotografia do túmulo do Cemitério do Canto, baixou sobre Ella com uma candura que nunca havia experimentado. Compaixão pura, mas sem mão estendida convidando para um salto no escuro, e sim de braços cruzados e expressão serena, inquiridora, do bem, meio paternal até, como quem espera com paciência uma decisão dela sobre qual dos caminhos que se bifurcavam ali em frente ela seguiria:

— A escolha pode, precisa ser só tua, Ella. Sempre. Às vezes pode dar certo, noutras bem errado, mas é o preço. Liberdade de ser quem tu é. Tu domina o conceito, né? Vai sem medo, a gente te deixa ir.

Assim, ouvindo essa voz de aprovação até, há tanto muda lá por dentro dela, Ella se encaminha pra sala de TV onde o povo rumina o almoço ouvindo as notícias que repisavam, entre outras coisas, as miles de morte por Covid, a vacinação avançando, a esperança de vida à vista...

Bruno, ao lado de Valdomiro, sorri quando enxerga Ella se aproximando e iniciam uma brincadeira, chamando o Leminski pra conversa como faziam seguido:

— "Isso de querer ser exatamente aquilo que a gente é, **Ella**, ainda vai nos levar além!". E Valdomiro ri junto com o riso cúmplice dos dois.

— Pois é, Bruno, caminhando do refeitório até aqui vim pensando: Quer saber? "Salve-se quem quiser, perca-se quem puder...". Muito simples, tu não acha?

— Afinal de contas, Ella, "Pra que sirvo senão pra isto, pra ser vinte e pra ser visto".

— "Pra ser versa e pra ser vice, pra ser supersuperfície", também, por que não?

— Pois é, Bruno, "Não discuto com o destino, o que pintar eu assino". E faz tempo...

— "Tão fácil ser semelhante, **Ella**, quando eu tinha um espelho pra me servir de exemplo...". Putaquepariu...Vou sentir muita saudade... De ti...

— Não me enche de culpa aqui que eu é *que te mando hoje pra Portugal de navio!*

— Não vale trocar de poeta no meio do brinquedo, esqueceu a combinação, Ella?

— Ah, Bruno, "Os livros sabem de cor milhares de poemas. Que memória!". Mas eu não!

Daí que eu troco de poeta vez ou outra quando me aperto das emoções aqui.

— É... "Morrer de lembrar, lembrar de esquecer, esquecer de lembrar...", já dizia qual doce maldito há miles de tempos atrás, Ella?

— Walter Franco, é claro! Todo de terno branco e com cara de criança na capa de um disco que está lá num pretérito mais do que passado. Muita saudade de uns outros dias, bah... "Fazia tempo que eu não me sentia tão sentimental!". Acho que foi a reconciliação com a família depois do *Temporal*.

— Reconciliação com a família, Ella? Mas tu nem saiu ainda...

— Saio amanhã, Bruno, mas já me reconciliei hoje. Previdente euzinha, né? Sem pergunta difícil aí, pode ser?

— Tu já vai? Daí "Essa minha secura, essa falta de sentimento, não tem ninguém que segure. Vem de dentro". Conseguiu todos os pontos então, Ella?

— Ah, "Sombras o vento leva, sombra nenhuma dura". Relaxa, não te apega, vai. Daqui a pouco tu sai também. E a cidade inteirinha vai fazer festa pra ti! Vou ouvir lá de casa.

— "*When you're strange/No one remembers your name/ When you're strange…*", Ella. Ninguém vai festejar nada, entendeu?

— Trocando de poeta também, é? E The Doors, Bruno? Se sentir estranho não é uma boa saída, acho, quer dizer, ando tentando achar por aqui... Tu vai perder ponto, olha aí... E eu vou lembrar do teu nome sim, vou te gritar por várias gentes, não esquenta...

— Pô, tu capturou essa? Quase faltando repertório pra te emboscar aqui. Quando eu vou te pegar no contrapé, numa distração que seja?

— Essa era muito fácil, uma das mais conhecida deles... Se eu não perder todos os pontos hoje, saio amanhã, como já te disse, e daí "*Nevermore, nevermore, nevermore...*" tentativa tua de me pegar no contrapé, caro Bruno. E eu sairei, planando minhas asinhas metidas às de *El Cóndor Pasa* sobre uns velhos Andes daqui mesmo. E sem despedida, tá Bruno? Pois "Para mim, camarada, as cerimônias valem menos que um vintém".

Na continuação, caminharam pra lá e pra cá no corredor, cantarolando cada um uma cançãozinha pra acalmar as entranhas de um e de outro, cada um de um jeito, bem lá por dentro:

(... *Oi, meu irmão, fique certo/não demora e vai chegar/aquele vento mais brando/ e aquele claro luar/que por dentro desta noite/te ajudarão a voltar...*)

Ou essa...

(... *Vento de maio rainha dos raios de sol/Vá no teu pique estrela cadente até nunca mais/Não te maltrates nem tentes voltar o que não tem mais vez/Nem lembro teu nome nem sei/ Estrela qualquer lá no fundo do mar/Vento de maio rainha dos raios de sol...*)

E assim, brincando com versos e melodias bonitas de um século já passado, se disseram adeus naquela tarde que ofereceria para Ella como despedida do quarto que ocupava, e para quem mais quisesse correr o risco de perder pontos, o mais bonito pôr do sol do quinto andar, do prédio, quem sabe de Porto Alegre até... Valia a pena conferir ... Ella recomendava a experiência puxada pro transcendental.

Na manhã fria, mas cheia de sol da sexta-feira que se iniciava, Ella, com suas maletas carregadas de outros pontos de vista de sofrer o mundo, é levada por um povo de branco até o portão de saída daquele lugar de descansar, de perder, e, talvez, muito talvez, de achar a alma. O portão se abre, e Ella se anima ao rever o filho, o cachorro, o companheiro, os três, à sua espera, no outro lado da rua.

Ao cruzar o portão, depois do reencontro, enquanto o filho e o companheiro guardam suas tralhas no carro, Ella, com o cachorro louco de feliz no colo, fica olhando o hospital, assim de fora, com os pés firmes, ancorados na sua cidade de novo. Dali, enxergava, lá dentro, um grupo de internos que abanavam para ela com uma expressão até alegre. Via Bruno ao lado de Valdomiro todo de branco, que lembrava um Thiago de Mello em dia de poesia cheirando à floresta amazônica recitada para o povo no Memorial Érico Veríssimo, há muitos anos atrás, ali, bem no centro da sua *cidade amada,* por onde Ella sempre perambulou sem pedir licença, ocupando os lugares feito vento, feito ar.

Via também as primeiras companheiras de quarto, ainda muito abatidas pela dor de uma depressão difícil de ser curada. Mais um grupo entretido com a leitura de *Vidinha Burra*, distraídos atrás de respostas a que dificilmente chegariam. Seu Tio Fênix e sua triste família louca também estavam presentes. Ao lado deles, os dois primos que não se aguentaram e se acabaram. Acompanhando todos, sempre um povo de branco, dedicado a proteger todos eles deles mesmos, também abanava para ela... *Ah, look at all the lonely people!*, Ella.

Mais à frente, colado ao portão, um outro grupo organizado em fila, pulava a grade e chamava por seu nome, aos gritos, uns abrindo o E do Ella, outros fechando esse mesmo E. Ella parou os olhos no movimento que faziam e que pelo jeito só ela estava vendo, pois o guarda nem dava sinal de estar afrontado com a fuga em massa, e enxergou um Cortázar dando um pezinho para um povo de uma fila que diminuía rapidamente: Che, Spinetta, Cervantes, Lenora, *a argentina*..., Leminski, *Trapo, o romance*, Alphonsus de Guimaraens, Onetti, Os Mutantes, Quixote, La Maga, *O Corvo*, Sancho, Nelson, *o Coelho de Castro*, Ella, *a Fitzgerald*, João Cabral, Clube da Esquina, Kundera, Jorge Drexler, Nei Lisboa, Horacio Oliveira, Maiakóvski, Doces Bárbaros, Gramsci, Ismália, Thiago de Mello, Valter Hugo Mãe, Eleanor, *a Rigby*, Chico Buarque, Poe, Nara Leão, *Vento de maio, os dois*..., Elis Regina, Bebeto Alves, Almodóvar, Lula da Silva, El Cóndor, Musical Saracura, Walter Franco, Alfonsina Storni, Lennon, Charly García, Rosa Montero, The Doors, Mercedes Sosa, Torquato Neto, The Beatles, Carlos Puebla, Brizola, Inti Illimani, Duo Dinámico...

O último a quem Cortázar ajudou a pular a cerca foi Sísifo, com sua montanha e com sua pedra gigante. Os dois formavam a retaguarda para a caminhada que o grupo fazia em direção à Ella.

Todos civilizadamente pularam a grade e combinaram que não mais atravessariam paredes e portas feito fantasmas, que não mais entrariam todos ao mesmo tempo, como tinham o mau costume de fazer, na vida de Ella. Haviam aprendido um mínimo de boas maneiras que fosse naquela estadia no alto do morro. Ela estava grata à sua multidão de bons amigos de tantos momentos da sua vida até ali. O cachorro desce do colo e vai lampeiro ao encontro deles, enquanto Ella se organiza por dentro pra dar umas boas-vindas cheia de abraços novos e grandes à sua coleção de pessoas da pesada dos tantos momentos da vida que teve até ali e que a protegeram de sair fora várias vezes dela mesma. E, juntos, rua abaixo, como se fosse um carnaval fora de época envolto em uma pandemia que haveria de acabar, ah se não... pularam e cantaram:

*Resistiré erguido frente a todo*
*Me volveré de hierro para endurecer la piel,*
*Y aunque los vientos de la vida soplen fuerte,*
*Soy como el junco que se dobla*
*Pero siempre sigue en pie*
*Resistiré para seguir viviendo,*
*Soportaré los golpes*
*Y jamás me rendiré,*
*Y aunque los sueños se me rompan en pedazos*
*Resistiré, resistirééé*

**¡¡¡Resistiremos!!!**
(... resistimos...)

**COLEÇÃO NARRATIVAS
PORTO-ALEGRENSES**

## 1. NA FEIRA, ÀS QUATRO DA TARDE
*Luís Augusto Fischer*

## 2. MIL MANHÃS SEMELHANTES
*Marcelo Martins Silva*

## 3. CEFALÉIA CERVICOGÊNICA
*Caue Fonseca*

## 4. JONAS PASTELEIRO
*Rafael Escobar*

## 5. A VIDA E A VIDA DE ÁUREA
*Claudia Tajes*

## 6. INFERNINHOS
*Tiago Maria*

## 7. DUAS VANUSAS
*Nathallia Protazio*

## 8. ELLA
*Jane Souza*

## 9. A LENDA DO CORPO E DA CABEÇA
*Paulo Damin*

## 10. PÁSSAROS DA CIDADE
*Júlia Dantas*

# Sumário

Ella

| | |
|---|---|
| Capítulo I | 11 |
| Capítulo II | 17 |
| Capítulo III | 23 |
| Capítulo IV | 31 |
| Capítulo V | 41 |
| Capítulo VI | 49 |
| Capítulo VII | 57 |
| Capítulo VIII | 65 |
| Capítulo IX | 73 |
| Capítulo X | 81 |

# matinal

## (parêntese)

editora coragem

Este livro foi composto com fonte tipográfica Cardo 11pt e impresso em Porto Alegre sob papel pólen bold 90g/m² pela gráfica PrintStore para a coleção Narrativas Porto-alegrenses da Editora Coragem em parceria com o Grupo Matinal Jornalismo, na ocasião dos cinco anos da Revista Parêntese.

Para pedidos telegráficos deste livro, basta indicar o código POA008, antepondo a este número a quantidade desejada. Para pedir um exemplar, é suficiente telegrafar assim:

NARRATIVAS PORTO-ALEGRENSES – 1POA008.